KB165794

바람에 찔리다

바람에 찔리다

초판 발행 | 2019 년 7월 24일

지은이 | 성환희
펴낸이 | 신중현
펴낸곳 | 도서출판 학이사
출판등록 : 제25100-2005-28호
주소 : 대구광역시 달서구 문화회관11안길 22-1(장동)
전화 : (053) 554~3431,3432
팩스 : (053) 554~3433
홈페이지 : http : // www.학이사.kr
이메일:hes3431@naver.com

ISBN _ 979-11-5854-188-0 03810

이 도서의 국립중앙도서관 출판예정도서목록(CIP)은 e-CIP 홈페이지(http://seoji.nl.go.kr)와 (http://www.nl.go.kr/kolisnet)에서 이용하실 수 있습니다.(CIP제어번호: CIP2019028682)

울산광역시 | 울산문화재단
본 자료는 울산문화재단 2019 책발간 지원사업의 일환으로 발간되었습니다.

바람에 찢기다

성환희 시집

學而思 | 학이사

詩人의 말

끝끝내 나를 사랑하는
내 오랜 상처와 결핍에게
이 詩를 바친다

슬프고 또한 기쁘다

쉿, 詩의 감옥에서 환희

차례

2부 기다림에, 꽃 피다

3부 재스민에 반하다

4부 간절곶 평행선

1부

유혹에 대처하는 방식

근황

잘 지냅니다

나에게 남은 내 것은
이제
껍데기뿐인데도
꼿꼿한 척
수다를 퍼뜨리며 삽니다

마음을 잃고
기억을 잃고
길을 잃고

나를 덮고 있는
그렁그렁한 눈물에 갇혀
세월을 등진 채
시간이 흘러갑니다

그대라는 감옥에서
한 오십 년 이렇게

평안하다는 편지를 쓰면서

아프다는 말을 잊고
그립다는 말을 잊고
그대라는 말을 잊어도
좋을 겁니다

밤 편지

집으로 돌아갑니다
그대와 함께 걷고 있습니다
온몸이 팔랑거립니다

바람이 내 손을 잡고 있습니다
내가 바람의 손을 잡고 있습니다
우리는
멀리 있습니다

자동차 바퀴 굴러가는 소리
깔깔거리는 웃음소리
담배 연기 피어오르는 소리
강물이 속으로 삼키는 울음소리 때문에
가끔 이별하기도 합니다

사방에서 끊임없이
소리들이 자라고 있습니다
내가 걷고 싶은 길의 모습은
이러한 모습이 아닙니다 그러나

그대가 있어
이 견딜 수 없는 소란스러움을 버틸 수 있습니다

어둠이 뒷걸음질로 사라져 갑니다
어둠이 사라져 가는 동안 자꾸만 길이 태어납니다
걷다가 한 줄 쓰고 걷다가 한 줄 쓰고
걷다가…… 또 한 줄을 씁니다
얼마나 더 가야 그대에게 닿을 수 있을까요?

너무 늦었나요?

자꾸만
그대 목소리를 향해 달려갑니다
달려가는 나를 붙잡으려고
내가 뛰어갑니다
너무, 늦었겠지요? 궁금한 당신을
온몸으로 참고 있습니다

바람의 집

노래는 바람이 되었습니다

나를 버리고
날아오르기 시작했을 때
비로소 당신은 빛났습니다

우리는 서로
잊은 척 모르는 척 지냅니다

내 환한 웃음이 그저
설정에 지나지 않는다는 걸
말하고 싶지만
말을 열 수 있는 열쇠를 잃어버렸습니다

약속 없는 날들이 흘러갑니다
설렘이 야위어 갑니다
몸이 휘청거립니다

언젠가는 오시겠습니까

영영 아니 오시겠습니까
새벽녘 밤비처럼
잠시 들렀다 가시는 것입니까

행복하지 않기를 바랍니다
늙고 병들기를 바랍니다
내 마음이 당신을 닫아버리기 전
부디 돌아오기를 바랍니다

나는 당신의 집입니다

독방의 즐거움

나보다 먼저 온 그대
흐드러지게 피었네

3.2평이어도 32평이어도
다를 것 없네

나는 늘 숨이 막히고
자유로부터 영원히 멀리 있네

그대, 라는 감옥에서
랄라

우리의 사랑은 마치
견우와 직녀처럼!

묘비명

無를 기다리는 일이
일생의 業이었지요

바람에 찔리다

당신 아닌 것들은
그 어떤 것도
중요하지 않습니다

괜찮습니다
깊이 사랑한다 믿었던 모든 것들이
일제히 나를 떠났으나
괜찮습니다

기꺼이
당신이라는 설렘을
내 안에 들여 놓았습니다

오직 나만을 위해
처음으로
내가 나에게 주는 선물입니다

아이러니

이것은 미친 짓이다
결코 신뢰할 수 없다
사랑하지 말아야 겠다
내가 기다리는 것이 정말 당신일까

묻고 의심하면서 숨을 쉬었다
내 마음은
먹구름 속 낮달처럼 하얗고
길의 끝을 모르는 동굴처럼 컴컴했다

그런 새벽과
그런 아침과 그런 낮이 흘러갔고
밤 11시 57분
살아있다! 나는

당신이 없었으나 당신이 있었고
심장은 뛰었고
향기로웠고 아름다웠고 싱그러웠다

쉰

떡국을 먹으며
오래 기다렸던 것처럼 설레기로 했다

모두 잊으려 한다 지금은 시작해야 하므로

어제의 절망은 더 이상 나를 어찌하지 못하리라

후회와 슬픔 속에서도 꽃은 핀다

쉰, 이 낱말에 잠시 아득하였으나
오래 그리워했던 것처럼 설렘이 뛴다

슬픔이란 걸 그에게서 처음 배웠다

그러나 난

그의

자

유

를

사랑한다

그

는

어디에나 있고 어디에도

없

었

다

숨바꼭질은 끝나지 않았다

너무 늦게 당신은
편지를 읽는다

너무 늦게
당신의
편지를 읽는다

밤 11시 2분
당신이 머물렀던 곳
밤 11시 7분
내 마음이 닿는다

이렇게 우리는 사랑한다
어긋난 시간 위에서

당신이 깊이 죽어있는 동안
나는 살아있는 당신의 말을 읽고
내가 깊이 죽어있는 동안
당신은 살아있는 나의 말을 읽는다

새벽에 깨닫다

내 몸의 온기가
바닥의 냉기를 데웠다
잠시 바깥을 내다보는 사이
차가워진 나를
바닥이 품어주었다

나에게는 불멸의 불씨가 있다
세상 떠돌다 춥고 고단해지면
그대가 찾아와 누울 곳
오라! 바람아
부디 내 품에서 잠드시라

미치다

세워! 차

이 말이
미처 내 몸을 다 빠져 나가기 전
나는 이미 멈췄다

새벽안개를 뚫고 달려오는
모닝 한 대
두 팔 흔들어 낚았다

사진 한 장 찍어주시겠어요?

나의 주문에 흔쾌히 문이 열렸고
이런저런 포즈를 취하며 코스모스는
속없이 취했다

훗!

당신이 떠난 후에야 보였다
역광이었다, 길은

첫사랑

당신은
내 깊고 은밀한 곳에 잠드시고

너무나 아득한 길 위에서 홀로
사랑을 탐하지 않고도 견딜 수 있는 마음
잊었다 언제부터 시작된 일이었는지

비록 몸은 늙고 병들었으나
설렘은
일평생 현재진행형

파도

보내야겠다
보내야겠다

깜깜한 해변 길
홀로 걸으며
마음을 다해 밀어냈으나

생각의 결
한 겹 한 겹 덮으며
쉼 없이 몰려 온다

이토록 내 곁에 머물고 싶은가
정녕, 떠나고 싶지 않은가

당신이 온다
머물지도 않으면서
아무런 말도 없이 그저 자꾸
오기만 한다

유혹에 대처하는 방식

쾅
쾅
쾅
당신은 나를 두드리고

밤낮, 내 할 일은

조용히
빗
장
을
거는 일
당신을 닫는 일

복순이

살아오는 동안 잘 되는 일 하나 없어
새 이름 좀 지어 달라 산사에 갔더니

부모가 없나 남편이 없나 자식이 없나
잘 곳이 없나
굶나……
대체 뭐가 문제고?

이카시더라

스님 물음에 답이 있더라

복순이 맞네예!
그카고 복순이로 돌아왔뿟다, 언니야

마침내 그가 왔을 때

내 마음은
잔잔한 호수 같았다

그가 온 것은
기다림 때문이 아니었다

기다리면서 나는
기다리는 일보다 더 중요한 것은
흔들리지 않는 것이란 걸 알았다

詩에 대하여

그대는 늘 딴 곳을 보고
내 손을 잡은 채 딴 생각을 하고
단 한 번도 진정으로 오지를 않네

그런 그대를
기다리고 기다리고 기다리네

그대
단 한순간도
내 것이 아니었던 적 없네

2부

기다림에, 꽃 피다

도둑

어이구, 머리 아파!

여고에서 국어를 가르치시는 남선생님이 이웃에 사시는데요
이분이 꽃 가꾸기를 참 좋아하셨지요

낮달이 두둥실 내려다보는 한낮에
앉은뱅이걸음으로 그 집 대문을 넘었더랬어요
수국이 얼마나 탐스럽게 피었던지요? 나는
조심스러이 손을 뻗었는데요
톡, 톡, 톡…… 꽃숭어리들이 소리를 질러쌌데요
울음이 묻은 손을 입술로 가져가 쉿, 하였는데요
눈치 없이 내 가슴에 쓰러져 펑펑 울어 울어
내 몸 꽃그늘 아래 묶이고 말았는데요
대청마루에 앉아 밥을 먹던 그 집 식구들의 눈동자
우르르르 몰려오는 거였어요

난 능청을 떨며 뭐라뭐라 말 하였는데요
그 무슨 말을 하였는지 깡그리 잊어먹고

품에 가득하던 꽃숭어리도 던져버리고…… 도망을 쳐버렸나 봐요

어머! 새벽이네요

MRI 체험

네 앞에서 나 가만히 눈을 감는다

온몸이 쪼그라든다
참을 수밖에 없는 수치심은 절망이다

깊은 잠에 빠져든 듯
의식 속에 깃든 힘을 모조리 놓아버린다
거대한 소리가 나를 읽는다
피부를 살들을 뼈들을 낱낱이 읽고
책장을 넘기듯 척, 척 네가 나를 넘기는 동안
움츠렸던 내 몸의 이력에
빗장이 풀리고 문이 열린다

두려움은 일순간 간절함으로 바뀐다

별 일 아냐! 그래 아닐 거야
눈빛만으로 네가 나를 더듬는 동안
나는 나에게 최면을 건다

괜찮아, 너는 감정이 없으니까
괜찮아, 너는 생명이 없으니까

그래 정말이야
정말 잠깐
내게는 숫처녀 같은 수치심이 다녀갔을 뿐이다

풍덩

잠든 강물을 깨우는 소리
풍덩

날면서 돌멩이는 얼마나 멈추고 싶었을까
물은 남몰래 얼마나 울었을까

틀림없다, 목적이 있었던 건 아니다
그냥 그는 궁금했던 것이다
손을 벗어난 돌멩이가 무엇을 할 수 있는지

그에겐 다만 즐거운 놀이였던,
풍덩!

그 순간 물은 뼛속까지 아팠을 것이다

만약에 오늘
물의 죽음을 알리는 부고가 뜬다면
분명 심장마비가 사인일 것이다

사리암에서

부처님, 안녕하세요?
꾸벅 인사를 하고 나니
눈앞에
흔들리는 풍경이 보였다
신발을 벗어던지고 법당 안에 서니
부처님 미동도 없이 앉아계시고
나는 그저 엎드리어
생각을 갖지 못한 로봇처럼
삼배를 했다
한 가지 소원은 들어주신다는
소문 듣고 찾아 온 길
마음에 품은 기도를 갖고 오지 못하였다
마음은 꺼내놓고 무거운 몸만 끌고 왔다
돌아가야 겠다
집안 구석구석에서 뒹구는 기도를
빨리 숨겨야 겠다
그이가 내 건망증을 두고 딴지를 걸기 전에

접촉사고

나 분명 빵빵거렸거든!
막무가내로 쳐들어오는 거야
급브레이크를 밟았지
소용없었어 열심히 멈췄는데도
멈출 수가 없었어 그만
부딪치고 말았어 눈 때문이었어
위반한 것은 내가 아니었거든! 먼저
그 여자가 스르륵 다가왔거든
그런데도 쌍방과실이라는 거야 이게
너무하는 거 아냐?
말이, 돼?

그러니까 내가 말했잖아 오늘은
마음 놓고 지각해도 된다고 눈이 오시니까
누군가 머리 들이밀기 전에 눈치껏 멈춰주고
꾸물거린다고 화내지 말고
앞서간다고 소란 피우지 말고
이런 내 말 싹 무시했구나! 그래도
살짝 쥐만 나고 말았으니 얼마나 다행이야

날 밝으면 병원은 꼭 가자
오늘 몸 부딪쳐 비싼 공부 한 거다 당신

목요일의 일기

내일은 멀리 출장을 가야 한다
마음이 분주하여 어제는 잠들지 못하였다
머릿속엔 하얀 백지를 채운 글자들
깃발처럼 펄럭인다
폰 가게에 갔다 은행을 들렀다 시장을 다녀왔다
농협에서 돈을 찾아 국민은행 계좌에 일부 입금하고
장바구니에 매달려 현관문을 들어선다
아차차 신한은행을 까먹었군
알사탕처럼 까먹은 새까만 기억들이
수런수런 신발을 벗는다
아침에 남겨 둔 커피 한 모금을 마시며
나는 생각한다 옥이 언니를 못 본 지도 꽤 되었네
차 마시러 오라 전화 할까? 바쁜데 에이, 말자
사과 하나 먹을까? 그래, 좀 있다가
도마는 고추를 깍두기처럼 썰고 있다
부엌은 빨간 혓바닥 내밀어 가자미를 조림한다
냄비에서는 미역국이 끓는다
안주할 곳을 찾지 못한 손가락
냉장고 문 앞에서 서성거린다

싱크대가 그 손을 낚아챈다
어서 끝내고 아들 바지를 사러 가야겠다
생각하는 순간
이미 그곳에 당도한 눈동자가
아울렛 매장을 떼구르르 굴러다닌다
짬이 나면 서점에 들러 시집 〈사라 바트만〉을 주문해야지
다섯 시에는 사무실에서 진행하는
명희 쌤의 독서포럼 참관수업이 있군
마치자마자 울작 월례회에 달려가야지!
아, 어쩔 수 없이 시낭송엔 불참해야겠다
헐…… 탁 샘은 왜 하필 목요일에 월례회를?
날개를 껴입은 생각들이 집안을 돌아다니는 동안
현관문보다 먼저 열린 낯익은 목소리
어이, 이거 무슨 냄새고?
어머머머 이를 어째? 너무 익어버린 냄새가
집안을 돌아다니는 동안 나 대체 어디 있었던 걸까?
냄비는 냄비대로 나는 나대로 활활 끓어 넘치다 넘치다
타버린, 오늘

폭염속에서

물기 잃은 바닥이 골짜기 아래에
허물 벗은 뱀처럼 누웠다
통도사 마당
더운 바람을 맞고 선 친구에게
열아, 온풍기 끄고 에어컨 틀어라
라는 농을 보낸다

곧 좋은 날이 오리라
이 또한 지나가리라
기약 없는 믿음으로 하루를 맞이하고
하루를 보내는 날들
벼들도 논바닥에 뿌리를 박고
치미는 목마름을 잠근다
논물을 따라 떠나버린 고둥이
거뭇거뭇 바닥에 뒹군다

가는 것들은 가고
남은 것들은 남아서
나는 이렇게 점심 겸 아침을 먹는다

햇빛이 너무 뜨겁다
이 햇빛 속을 달리고 있다 바람은
멈추지 않고 달리면서
폭염주의보랑 싸우고 있다
이겨라, 이겨라, 바람!

새콤하고 달콤한
속이 붉은 자두가 먹고 싶다
기억의 창고를 박차고 나온
뜬금없는 입맛으로 폭염을 버틴다

고향

골목길엔
먼 데서 걸어 온
호두나무 한 그루 자라고 있다
호두나무가 무성히 잎을 피우는 동안
아이들은 뭉게구름을 따라 떠나고
덧없이 해바라기가 피었다 진다
호두나무 옆 골목엔
기억 속 유라네 집이 살고 있다
빈터만 남은 유라의 집엔
망초가 피고
유령처럼 바람이 들락거린다
골목길 끝 영호네 집은
반짝이는 호두나무를 지나야 닿을 수 있다
나뭇잎 사이로 기와지붕이
나뭇잎 사이로 장독대가
접시꽃 봉숭아 맨드라미……
키 낮은 돌담을 따라
아장아장 떼구르르 새겨진 곳

그녀의 사랑

사랑합니다 고객님
사랑합니다 고객님
사랑합니다 고객님
사랑합니다 고객님
사랑합니다 고객님
사랑합니다 고객님
사랑합니다 고객님

그녀의 고백은 달콤한 기계음

우리의 소통은
1초도 길다
너무 많은 그녀 목소리
아, 종일 내 귀를 두드린다 씨팔!

고맙다고 말해야 되나

예의에 대하여

종로구 은혜결혼식장 앞 네거리
2차로 횡단보도에
예전부터 있었던 것 같은 불편한 그림 하나
절뚝거리는, 길 건너는 사람

한순간 모두가 죽었다
히힝, 굴러가던 검은 비닐봉지도
곁에 서 있는 튤립나무도
움직이는 것은 오직 그이의 느린 발
깜박이는 눈동자
숲속 나라에서 마악 도착한
구불텅한 지팡이 하나
똑. 똑. 똑.
바닥을 두드리며 길을 묻는 소리만
뜀박질하듯 제자리걸음이다

신호등은 저 혼자 논다
기다리는 동안 저마다 환청에 집중하는 거리엔
신랑이 어여쁜 신부를 낚아채 전진 전진

웃음이 꽃피는 촛대 아래
세 쌍의 무리가 깊숙이 절한다
아무도 듣지 않는 지루한 주례사가 이어지고
사진기 속 사람들 우르르르 예식장을 벗어나고

네거리는 아직도 죽었다 기다리는 동안
뱃속이 꼬르륵 소리를 내지르며 가장 먼저 깨어난다
축의금 봉투 꺼내 들고 육상 선수처럼 도착한 결혼식장 입구
휴, 숨이 헐떡이며 깨어난다 밥은 먹어야지 마지막 코스를 향해
종종걸음 하. 는. 하객들
마땅히 해야 할 도리를 다한 행복한 얼굴이다

산 낙지 먹은 날

그리고, 며칠이 지나갔다
뱃속을 채웠던 참기름 냄새
꾸르르 꾸르르 여태껏 울어 댄다

그날 밤 우리는 컴컴한 두 눈에
돋보기로 불을 켜고
밥상 위에 차려진
연간집 원고 뭉치를 사이좋게 나누었다
오자와 탈자를
붉은 동그라미 안에 가두며 내내 킬킬거렸다
흐릿했던 눈은
시간이 깊어질수록 더 또렷해지고
시끌벅적하던 소리들이
서서히 어둠 속으로 가라앉는 것도 몰랐다

낙지 요리 전문점에 방 한 칸 얻은 날이었다
뎅강뎅강 잘려서 작아진 몸들이
잃어버린 제 몸을 찾아
더듬더듬 길을 헤매던 시간

우월과 허기가

꿈틀거리는 한 생을 사정없이 삼키던 날이었다

은을암 가는 길

흔히 볼 수 있는
몇 km 전이라는
친절한 이정표가 없다
모퉁이 돌고 돌아도
보이는 건 길 뿐이다

끝을 모르는 길 위를 걷는다

간곡한 청함이 있는 것도 아닌데
당신이 그곳에 있을 것만 같아서
벼르다 벼르다 찾아 나선 길

스카프 벗고
모자 벗고
외투 벗고
긴 소매 걷어 반팔 만들어도
땀방울이 따라온다

하늘 가는 길이 이러할까

잠시 아득한 물음이 고였다 흘러간다

이름 모를 풀벌레 소리와
아름드리 나무와
어여쁜 꽃들이
결코 위안이 되지 못하는
내 안의 컴컴한 절벽 위에서
나는 나뒹구는 돌처럼 위태하다

낯설고 먼 길이다

어디쯤인가 지금은
하늘이
멈추었던 울음을 터트린다
울음에 섞여 조근조근
사람의 말소리가 켜진다

비로소 모퉁이가 환하다

삼태봉 산행기

어머머
이 남자가 사라지고 없는기라예
앞만 보고 가뿟나봐예
그래 지가 중대한 결심을 또 했뿟지예

당신은 영원히 내 남자가 될 수 없을끼라!

근데예
요것은 오해였어예
지가 범인이었어예

니는…… 앞만 보고 가냐?……
어머머
저쪽 뒤에서 들려오는 이 남자 목소리였어예

미안, 요러고 꼬랑지 팍 내렸지예

폰도 안 터지고 말이야……
맨발로 걷는 콩알만 한 여자 봤냐고…… 봤냐고……

내려오는 낯선 사람 붙들고 물었다 카는기라예

오늘도 빛이 참말로 좋네예
하늘이 샛파란기 구름도 뭉게뭉게 보따리를 싸고예
소풍가나봐예

지는예 아침 일찍 이 남자를 보내버렸어예
김밥 두 줄 고구마 두 개
사과 네 개 깎아서 커피 한 병 생수 한 병 챙겨서 나갔어예
가다 길 위에서 꼭 누군가를 만나 오손도손 다녀오라
착한 인사말도 건넸지예

이래 살아야 소풍도 제 맛이 나는기라예
아 참 이 남자 정말 한결같아예
집에 있으나 밖에 있으나 바깥양반이라예
괜찮아예! 이 남자가 좋으면 나에게도 좋은 일이지예

그리움

좀체 없는 일인데요 그대를 만났지 뭐예요 물론 그곳엔 우리만 있었던 건 아니었지만요 나는 그대만 보였지요 산길을 걷고 있었는데요 약수터가 있는 거예요 약수를 한 바가지 떴는데요 곁에 서 있는 그대에게 쑥 내밀었지요 감사하게도 그대는 그 물을 받아 홀짝 마시는 겁니다 아 그런데 말입니다 내가 또 한 바가지를 펐겠지요 그랬는데요 어머어머 어떡하면 좋아, 나도 모르게 호들갑스런 여인으로 변하여서는 호들갑을 멈추지 못하겠더라구요 그 약숫물에 글쎄 작은 물고기들이 바글바글바글 놀고 있는 겁니다 어떡해? 어떡해? 내 호들갑이 발걸음을 떼지 못 하는 동안 구름인 양 그대는 유유히 앞서서 가구요 아 어떡해? 어떡해? 나는 그대의 뒷모습을 움켜쥐고 슬슬 잡아당기기 시작했는데요 그대는 잠 속으로 그만 달아나 버리고 말았지요

그대 뱃속의 물고기, 얼마만큼 자랐나요?

모기에게

그렇게 징징거리지 마
그럴수록 나 네게서 멀리 도망치고 싶어
여태 우린 데면데면한 사이였잖아
갑자기 이러는 이유가 뭐니
미안해 그만 떠나 줄래 정말 네가 싫어
이젠 목소리마저도 지긋지긋해

온몸이 상처야

사랑한다면 떠나 줘 제발

길촌마을

그 마을에 갔었네

인적 없는 컴컴한 길
산적 같은 나무들에게 붙잡혀 걸었네
덤불 속 무덤에선 곧 울음이 튀어나올 것 같아
친구가 아닌 공포의 숨소리에 다리가 꺾이고
풀들의 기척에 자꾸 오줌이 마려운

끝없이 멀고 긴 한 생의 터널
되돌아 나올 수도
앞으로 나아가기에도 막막한데
주문처럼 콧노래 흥얼거렸지
행복하다 행복하다 중얼거렸지
반딧불이 같은
희미한 불빛 하나 희망이었지

마을 어귀 점빵에선 취객 두엇
늙은 노파는 막걸리랑 새우깡을 내밀고
주인 잃은 오두막을 차지하고 앉아

비로소 우리는 웃었네

아득한 세월 쓸쓸히 살았네
그날 밤 길촌마을
또 오리란 약속 지키지 못했네

기다림에, 꽃 피다

- 태화강 연서

나는 오래전부터 '강'이란 이름표를 달고 여기에 있었어요 사람들은 내 곁에 앉아 그림을 그리거나 시를 쓰고 여러 생각에 잠겼다가 돌아가곤 했지요 어느 때는 나룻배를 띄워 그리운 이를 찾아가기도 했답니다 지느러미를 흔들며 아이들은 떼로 몰려와 온종일 첨벙첨벙 노닐다 노을빛이 되어 돌아갔지요

언제부터였을까요? 파아란 하늘엔 뭉게뭉게 먹구름이 생겨나고 나의 몸은 악취가 나고 까맣게 변해갔어요 아이들도 물고기도 떠나갔지요

높아만 가는 회색빛 굴뚝을 바라보며 다만, 기다렸어요 내가 할 수 있는 일이란 것은 그저 기다리는 일밖에 없음을 아니까요 희망을 버린다면 죽음밖엔 길이 없다는 걸 아니까요

기다림은 옳은 일이었어요 떠났던 사람들이 돌아오기 시작했지요 지난 추억들을 하나하나 떠올리며 즐거웠지요 내 안의 어둠을 몰아내기 위해 그들이 자신의 어두움을 바라보기 시작했을 때 새로운 길은 비로소 시작되었던 거죠

나의 강엔 연어가 돌아오고 벌거벗은 세상의 아이들 함빡 떼로 몰려와 내 품에 뛰어 들기 시작했어요 그리고요 사람들의 발자국 소리와 웃음소리가 꽃향기를 풍기며 돌아다녀요 내 푸른 가슴팍엔 첨벙첨벙 온종일 물길이 열리고 그 길 따라 웃음꽃이 둥둥 떠다녀요

나는, 다만, 기다리고 기다리고 또 기다렸을 뿐이었지요

보고 싶다

서점 세 곳을 돌아다니며
책을 읽었다
사고 싶은 시가 보이지 않았다

나는 늘
보이지 않는 것에 마음을 두었다
가질 수 없는 것을 갖고 싶어 안달했다

그리운 것은 나로부터 너무 먼 곳에 있었다

어디쯤 오고 있니?
참, 보고 싶다! 네 마음

3부

재스민에 반하다

고사목

비탈이 나를
꽉 움켜쥐고 있다

나는
죽어서도 죽지 못한다

꼿꼿이 살아서
비탈의 손을
잡아주어야 한다

이렇게
몇억 년 함께 산다, 우리는

백목련

꽃이 핀다는 것은
품었던 새들이
훨훨 날아가 버린 뒤에도
당신이
웃고 있다는 것이다
나는 괜찮다
이것들아
너거만 잘 살면 된다
하얗게 하얗게 펄럭이는, 어머니

산세베리아

너는
허기를 적실만큼만 삼킨다

너를 통과한
길 하나
구불구불 흘러간다

한 평 땅
숨을 멈추었을 때에도
네 몸의 희멀건 반점
지역을 넓혀가는 동안에도
생명 여럿 키우고 있었나 보다

중심을 둘러싼
작은 꿈틀거림
너와 함께 꼿꼿이 서 있다

다리 뻗을
깊은 땅 하나 갖지 못해

수직을 향한 일탈을 꿈꾸는 너
오늘도 푸른 깃발이 되고 있다

꽃

발목이 없으면 어때

괜찮아 괜 찮 아

집 안을 뛰어다닌다, 당신의 향기

나무 그늘

여름 한철 이곳은
극락왕생을 염원하는 기도의 도량이다

매미 울음을 탓하지 마라

당신이 불청객이다

재스민에 반하다

어느 날 낯선 거리에서
나 당신을 다시 만났을 때
숨이 멎는 줄 알았어요
발걸음 딱 멈추고
바라보기 시작했어요
어쩐지 아파 보이시네요?
조심스럽게 입을 열었는데
파르르 이파리 하나 떨어뜨렸어요
온몸이 아팠어요
괜히 말 걸었다 후회했어요
기어코 우리 집까지 쫓아오더니
내 마음 흠뻑 들이키더니
흐드러지게 향기 피웠네요
발걸음 멈추길 참 잘한 것 같아요
뭐라 뭐라 말 걸기를 참 잘한 것 같아요
실은 꽤 오랫동안 꿈꾸었어요, 당신
정말 훔치고 싶었더랬어요

소나무

당신이 좋아하므로

빛이 있는 곳으로 몸이 갔다
빛이라 믿었던 곳엔
저녁이 먼저 와 있었다
또 다른 빛을 찾아 몸을 옮겼다

그렇게 오랜 세월
구불구불 걸어 온 길의
흔적, 고스란히 남아 아름다움이 되었다

나의
곡진한 삶을 당신이 좋아한다
그러니 되었다

성탄절

태어난다는 것은
오랜 기다림 끝에 오는 것이어서
첫 울음이 축제의 음악 같기도 하죠
생일날엔 어머니께 목소리를 들려주는 것으로
마음을 표현하기도 하죠
나를 위하여는 꽃병이 준비되고
케이크와 달콤한 술 한 잔이 차려지기도 해요
예수님의 탄생을 기념하는 일은 더욱 기쁜 일이어서
믿지 않는 무리들마저 기도에 이끌리는 것 같아요
하느님의 은밀한 지시가 존재하기라도 하는 것인지
12월이 도착하는 순간부터 설레기 시작하는 거죠
거리는 천사들로 술렁거리고
불빛은 관능적인 댄스를 추는 거죠
현대백화점 앞 나무들은 올해도 하느님으로부터
최고의 의상을 선물 받았네요
우리는 슬그머니 애인의 손을 놓치고
멋진 나무의 몸속으로 뛰어들기도 해요
잠시 동안의 간음은 누구에게나 쉽게 잊혀지는 일이죠
곧 성탄절이고
이 나무들은 어쩌면 천사일지도 모른다고
우리는 상상하고 있으니까요

유리창에 빗방울

너는
나에게로 오고 있다

길고 투명한 몸뚱이
스윽스윽 끌면서
혓바닥을 날름거린다

걱정하지 않을 거야
네 욕망과 나의 눈빛 사이엔
맑고 단단한 문이 있거든!

철철 울면서
돌아간다, 뱀

오아시스를 찾아서

가보지 않은,
아득한,
길이 아닌,

이제

길이 되려고
나
그곳에 간다

새 구두 이야기

드디어
우리가 만났을 때
설렘은 잠시였다
의도하지 않았으나 하염없이
서로를 아프게 하였다
아픈 날들이 너무 많았다
버리고 싶을 만큼 힘들었다
부딪치고 물집이 생기고 고집이 살다
돌아가는 동안
참고 견디며 조금씩 익숙해진 것은
길의 끄트머리에 닿을 즈음이었다
그렇게 이제 서로 좋아질 무렵이 되니
너는 너무 낡고 나는 너무 나이를 먹었다
비로소 서로를 향해 한없이 너그러워졌는데
길 위엔 이별이 기다리고 있었다

폰

한 마리 짐승을 가졌다

어디로 튈지 종잡을 수 없어
잠시라도 품에서 놓지 못한다

새벽이 노을처럼 붉을 무렵
전전긍긍이 찾아왔다
어느 날
전전긍긍은 심장을 쪼며 울어댔고
울음은 흘러흘러 혼미함의 극지에 닿았다

꿈에서라도 잃어버려서는 안 되는 거였다

내 삶이란 이제
전전긍긍
한 마리 짐승의 노예로 사는 일

십 원을 줍다

작다고
너, 나를 무시하냐?
적다고
너도 나를 무시하냐?

어둠 속에서 반짝이는 너를
보지 못한 척
앞을 향해 걷는데
부산한 움직임이 감지된다
그 소리 왕왕거리며
뒷목을 움켜쥔다
결국 뒷걸음으로 돌아가
깊숙이 절하며 너에게 묻는다

너도
한 번쯤은 누군가에게
절값 할 날 있겠지?

베개

언제나 너는 내 머리맡에서 잠든다
내 여자처럼
내 팔을 베고 잠든다
너는 날 위해
서늘하고 까슬까슬한 옷을 차려입고
품안에 파고들기도 한다
행복이란 별 게 아니다
우리가 한 덩어리로 단단해질 때
너와 나를 지배하는 아득함이다
나에게 그리움을 가르친 이는 너였다
첫 불면을 준 이도 너였다
1박 2일로 떠난 여행지처럼
일 년에 두어 번 너는 유일하다
늘 곁에 있었으므로
네 존재의 의미를 느끼지 못했던 거다
그리움 때문에 잠 못 들고
이렇게 날밤 까게 될 줄 몰랐던 거다
더 깊이 사랑하기 위해서라면
때때로 이별해야 하는가

아쉬움을 모르는 인연이란 아픔도 없는 것인가
아픔이 있어야 사랑도 애틋한가
내 생각으로 너도 잠 못 이룰까
이런저런 생각을 껴입은 밤이
날이 새는 줄도 모르고 너에게 다녀온다

철조망

사랑이 오는 것을
막으려 했습니다

단단하고 날카롭습니다

그러나 나
하늘까지
닿지는 못하였고
뚫린 구멍까지
막을 수는 없다는 걸
모르지 않습니다

햇살이 되어
바람이 되어
빗물이 되어
당신이 온다면
그 마음
어떻게 막겠습니까?

나는

선 채로 무너진

벽입니다

울지 마, 세월호

네 생각을 하며
난 울고 있다

얼마나 오래 기다렸니?
기다리다 기다리다가
절망하면서 너는 기다렸겠지
점점 더 가까워지는
발자국 소리를 들었겠지

네가 날 애타게 부르는 그 시간
난 대체 어디에 있었던 걸까?

떠나는 그 순간까지
포기하지 않았기를 바래
너에게로 달려가는
내 발자국 소리
환청으로라도 들으며
네가 행복했었기를 바래

너와 나의 울음이 흘러 흘러

세상 모든 지역이 팽목항이 된다 해도

슬픔은 끝나지 않을 거야

슬픔은 잠들지 않을 거야

그리고 잊지 마, 우린 곧 만날 거야!

에어컨

삑,
당신이
단추를 누릅니다
화들짝 잠을 깬 나
오랜 침묵을 털어냅니다

삑,
삑,
시나브로
당신은 나를 호명합니다
나는 선 채로 선잠을 잡니다
서서히 지쳐갑니다

당신은 커텐 속에서 살금살금 창밖을 살핍니다

나는 차가운 기운만 가려내어
당신 곁에 남겨둡니다
당신은 늘 하나의 꿈에 취해 있습니다
기다리면 온다고 고집을 부리며 가만히 굳세게 갇혀 있습니다

나는 진작부터 당신 곁을 떠났습니다
삑, 삑, 삑……
당신이 나를 호명하는 동안
나는 나를 데리고 밖으로 나왔습니다

훅, 훅 뜨거운 휘파람을 불면서
옆집을 두드리고 아랫집을 두드리고 위층을 두드립니다

누구도 문을 열지 않는 날들이
흘러가고 있습니다
당신,
그만 마법의 단추를 눌러주실래요?
내가 참을 수 없이 무료해져서 폭발하기 전에

4부

간절곶 평행선

그 말

아동문학가 조두현 선생님이
어느 산골로 귀농하여 집을 짓는데
허허벌판 성큼성큼 바람이 몰려오고
손을 호호 불어도 호호마저 고드름이 되었지요
그럴 때 한전에서 사람이 나왔는데요
전기 대신 갖고 온 것은 불배달이었지요

"불배달 왔습니다." 라는 말,

순식간에 장작불이 타올라서요
골짜기마다 타올라서요
기껏 내려온 추위가 어데로 내빼고요
밤고구마 익는 소리 날이 새도록 구수하였겠지요

소녀들

선암호수공원 호숫가 나무 의자에
여자 서넛 앉아 깔깔깔 웃는데
그 웃음소리
뭇 발걸음 멈추게 한다
지나가던 흰 구름도 잠시 앉았다 가고
우울 씨의 심장에 칩거하던 미소도 끄집어낸다
여전히 소녀인 양
늙어버린 여자들
아까시 잎 따기 놀이를 하는데
밤길 걸어 온 수양버들 연초록 인사를 활짝 내밀고
작은 새들 온몸으로 노래를 켠다
깔깔깔에 섞이지 못한 한 소녀만
늙은 할머니의 형상이다
퉁퉁 부은 그녀의, 입술,
안간힘으로 일그러진다
곧 터질 것 같은 울음을 홀로 참고 있다

늙은 할머니를 감싸며
흐드러지게 깔깔깔이 피어난다

슬도 민박집

그 해 여름
외딴집 2층 민박집에서
하룻밤 묵었는데
그 집엔 할머니 한 분 계셨어

할머니
낯선 사람 들여놓고
인사치레하시다
그만 깜빡 재미에 붙들리셨어

자식 자랑 손주 자랑
가신 지 오랜 영감 이야기
보따리 보따리 풀어놓고
일어나시질 않는 거야
(아이고 네 그렇지예?……)
예의바른 맞장구에 혹 가신 거였지

그러다 그날 밤
못 이기는 척

우리 식구 저녁 밥상 앞에도
낑겨 앉으시고

할매가 무슨 힘이 있겠노?
청소를 한 것 같기는 한데
그 왜 끈적끈적한 찌든 때 있잖아
영 거슬리는기라
내가 도무지 찝찝해서 잠이 와야지
퐁퐁 풀어 빡빡 안 문질렀나
나 참, 큰맘 먹고 휴가 가서
민박집 청소 해주고 왔다아이가

남편의 여자

새벽에 모기 울음소리를 들었다
남편의 머리맡을 맴도는 소리를 잡으려고
불을 켤까 말까 한참을 고민했다
곡소리 너무 애절한 것이
어떤 이의 전령 같기도 하여
어쩌면
어젯밤 우리들의 이야기 속에 나왔던
이 남자의 풋사랑인지도 모를 일
정녕 그랬을까마는
손 한 번 못 잡아 보고 뽀뽀도 한 번 못 해보고
한 번 안아 보도 못 하고 좋다는 말 한마디 못 해보고
그냥 마냥 설레기만 하다 멀어진 작고 예쁜 그 여자
곡소리 챙겨 찾아온 길이었는지도!
이 남자 깊이 잠든 머리맡에서
애달피 배회하던 여자
기껏 찾아와서는 징하게 굽이굽이 울어 보도 못 하고
어느새 자취도 없다
쯧쯧 가슴속 깊이 묻어 놓은 붉은 답장이라도
읽고 갈 일이지
쯧쯧

간절곶 평행선

당신은
늘
다른 곳을 봅니다

나는 언제나
당신 곁에 있는데

외로운 것은
당신만이 아닙니다

외로운 것은
나만이 아닙니다

노동의 결

여보, 커피 줄까?

우리, 산에 갈까?

일요일마다 나
동무 하나 만들겠노라
어울리지 않는 협박녀를 자청해도
TV를 자장가마냥 켜 두고
시간을 베고 누운

그를,
탓할 수만은 없는 일이다

지난 한 주
새벽부터 또 다른 새벽이 오기까지
어둠을 버틴 시간들은
희망을 부르는 일이었을 터

가자 가자 그래도 가자

방바닥에 등을 붙인
그를 일으키는 일은
마음이 아픈 일이다

우리가 부부로 사는 이유

당신은 보이는 것만을 보고
나는 먼 데를 보고

당신은 보이는 것만을 이야기하고
나는 보이지 않는 것에 대해 이야기하고

당신은 당신을 참아야 하고
나는 나를 참아야 하고

우리는 달라도 너무 달라 그리고 똑같아

덤

인생이
자로 잰 듯 살아지더나
언제 콱 꼬꾸라질지도 모르는 거
아웅다웅 건질 게 뭐여
치워라, 마
허리에 무릎에 나사 박고
덤으로 얻은 몸뚱아리
다 닳아버리기 전에
내 백두산도 가고 금강산도 갈 끼다
산에 들에 풀뿌리 뽑아 백초액도 담가야제
그래 올해도 스님 한 병, 니 올케도 한 병……
이래 사는 기라
내 것이 오데 내 것만 되겠는가?

세상살이
어머니 계산법

그녀가 입을 열면

우주는
순식간에
꽃밭이 되는 거야
그녀가 입을 열기만 하면

반짝반짝 눈이 피고
입이 피고
남몰래 배꼽이 피고
아메리카노 찻잔을 벗어난
뜨거운 호호호가
지붕을 뚫고
하늘로 올라가 별이 되기도 해

은빈아 은아야 은석아
난 아마 재혼도 힘들 거야
어떤 남자가
아이 셋 가진 여자와 하고 싶겠니?
그러나 걱정할 거 없어

엄마에게는 꿈이 있다
적어도 너희 셋 모두에게
한 일억쯤 줄 수 있는 그런 남자 아니면
절대 안 돼

오 호호호

오늘밤도 초대석은
시끌벅적 꽃들이 핀다
그녀를 빠져나온 말이 허공에 닿자
핀다!
화들짝
우울했던 오감이
딱딱한 탁자가 까르르르

꽃처럼 웃음이 피는 동안
궁금증은 일제히 일어나
어둠이 있는 곳으로 나갔어

찾을 수 없었어
그녀의 남편도 어딘가에서 아마
꽃이 되었을까?

불통

얘야, 요양원은 안 갈란다

엄마, 통장이 텅 비었어요

얘야, 제발!

정말, 숨이 막혀요

그래, 그래, 그래, 내가 먼저 가야지 그게 순리지

미안해, 내가 많이 아파요

슬기가 자고 있다

경희대학교 정문 앞
슬기의 원룸에서
하룻밤 묵기로 한 날

한밤중
나는 어김없이 잠을 깬다
머릿속을 들락거리는
정체 모를 소리
나를 부시럭거리게 한다

이러면 안 된다 생각하면서도
참을 수 없는 어두움을
깨우고 있는 나를 본다

더듬더듬 낯선 방의 스위치를 눌러
화장실을 찾고 눈곱을 씻고
방바닥에 엎드려
부시럭거리는 소리에 대하여 적는다
화장실 안쪽의 불빛에 기대어

밤이 지나가는 소리에 대하여 적는다

잠든 커텐을 깨우며
가늘고 하얀 발로 아침이 걸어올 때
나는 몸을 일으켜 주섬주섬 가방을 둘러맨다
슬기는 자고 있다

어머니의 택배

이 사람 잘 아는 사람인교?
와 예?
꽉꽉 눌러 담지 말라고
말 좀 전해 주이소
어 데 예, 지는 절대 모르는 사람임다

택배 씨의 몸을 벗어난
박스 하나
쿵, 떨어지자
벼락 맞은 바닥 크게 운다

지랄헌다! 그기 무거버면
딴 일을 해야 제?
바람의 꽁무니를 좇아가던 우레 같은 말
자동차 바퀴가 감고 달아난다

울산광역시 번영로 달동 '장뚝배기' 에는
시골에서 막 도착한 어머니
물 한 사발 들이키고 있었는데

택배 씨가 방문할 때마다
우리 이모 깊숙이 절하며 받는
분신 같은 청국장 박스 하나
마악 부려지고 있었는데

임종

우리 큰일 났다
보래이,
이제 있는 재산 다 말아먹고
자식 등골
쏙 빼먹고 가실 끼다 오-래 살 끼다

어머니
산소호흡기 꽂고
중환자실 가실 때

누구도 예감하지 못하는 이별이
저벅저벅 어둠 속으로 걸어오는 소리
듣지 못한 채
우리는 저마다 빈 호주머니를 탄식했다

잘 살아라, 건강하게 살아라

끝내
어머니의 이 마지막 말 읽지 못하고

복도 끝을 서성거릴 때
그리운 자식의, 등짝 바라보며
서서히 차가워졌을 어머니의 눈물

벌초하는 날

조상님을 만나러
남자들은 숲으로 들어갔다

마당에서
꼬실꼬실 말라가던 붉은 고추
둘둘둘 말려서 헛간으로 자리를 옮겨 앉는다

밤길 달려온 팔도의 자식을 위해
폭신한 덕석이 융단처럼 깔린다
장독대 옆에는
장작불이 타오르고
가마솥엔
기다림이 끓는다

펄펄 익어가는 소리와 냄새들이
바람을 타고
마당을 지나
골목길 돌아 돌아
숲으로 간다

시끌시끌, 발들이 돌아온다
종종걸음으로 차려낸 밥상 앞에
모든 팔딱거리는 유년이 앉는다

아버지

너거 아부지 없는 세상에서
단 하루만이라도 살아야 할 낀데……

불쑥불쑥 쏟아내는
어머니의 속엣말을
나는 한 끼 밥처럼 삼켰다

마침내 아버지는 가시고
우리 집엔
쓸쓸한, 평화가 찾아왔다

나는 후회한다

끝내 깨트리지 못한 아버지의 술독을
끝내 구출하지 못한 아버지의 외로움을
단 한 번도 사랑하지 못한 아버지의 시간을

아버지
먼 길 떠나신 지 수십 년

우리는 아직도 문을 닫지 못한다

식탁 앞에
머리맡에
휘청거리는 아버지가 있다

어머니 지심 매시는
고구마밭 졸졸 따라다니신다
금강산도 가고
백두산도 가고

11월, 어머니 팔순에는
술 한 잔 터-억 걸치고 찾아와
노랫가락 철철 흘리실 것도 같다

죽어야겠다

- 세월호 희생자, 고 박지영을 애도함

네가 죽고 내가 산다면
내가 살았노라 어찌 외칠 수 있겠니

죽어야겠다
차라리 내가 죽어야겠다

내가 죽고 네가 산다면
정말 내가 살았노라 말할 수 있겠다

거센 물살에 네 울음 가두어놓고
컴컴한 추위 속에 네 몸 던져놓고
나 먼저 도망칠 수 없어
널 보낸다

살아서 가라 가서 말하라
박지영 누나는 목숨을 걸고
정의롭게 살았노라고

내가 죽고 네가 산다면

정말 내가 살았노라 말할 수 있겠다

죽어야겠다 차라리 내가 죽어야겠다

죽어서

나는 살아야겠다

문상

여기 내 옆에 앉아
좋아하는 시락국 한그릇 해요

진정으로 사랑을 하리라
생각하였을 때
이렇게 훌쩍 가시는군요

비로소 보입니다
당신이 나로 인하여 고뇌했을 시간들

당신보다 나를 더 사랑했던 것 같습니다
우리가 사랑하는 동안
끊임없이 부딪치고 아팠던 것은
그런 이유였다는 걸 이제야 압니다

미안합니다
돌아오시면 안 되나요?
순간이 생의 마지막인 것처럼
이 마음 놓지 않겠습니다

제발 그렇게 웃지만 마시고
벌떡 일어나세요, 좀